文艺精品工程扶持项目

摇曳的白杨

王晖 ◎ 著

新疆生产建设兵团出版社

图书在版编目(CIP)数据

边疆的白杨 / 王晖著. -- 五家渠：新疆生产建设兵团出版社, 2021.10（2024.4重印）

ISBN 978-7-5574-1658-4

Ⅰ.①边… Ⅱ.①王… Ⅲ.①诗集－中国－当代 Ⅳ.①I227

中国版本图书馆CIP数据核字(2021)第205839号

边疆的白杨

出版发行	新疆生产建设兵团出版社
地　　址	新疆五家渠市迎宾路619号
邮　　编	831300
电　　话	0994-5677185
发　　行	0994-5677116
传　　真	0994-5677519
印　　刷	永清县晔盛亚胶印有限公司
开　　本	787毫米×1092毫米　1/32
印　　张	7.75
字　　数	80千字
版　　次	2021年10月第1版
印　　次	2024年 4月第3次印刷
书　　号	ISBN　978-7-5574-1658-4
定　　价	52.80元

目录

第一辑　收获美德的大地　　001

吐尔尕特边防连的军犬　　003
草原之夜　　005
托云牧场下雪了
——写给"访惠聚"的谢家贵　　008
界　碑　　010
巴楚的星星　　012
琴　弦　　013
依玛莎汗的早晨　　015
杂木林中的兔子　　016
一罐巴楚蜂蜜　　017
小亲戚　　019
喀什噶尔的土陶　　021
最小的巴扎　　022
帕米尔高原上的一群白杨树　　024
扫　帚　　025

工作队的谢文　　　　　　　026
数星星　　　　　　　　　　028
有一个夜晚
　　——兼致坚守在"访惠聚"
　　工作队的张高鹏　　　　030
坛克达瓦蜂蜜　　　　　　　031
献给抗疫前线的医护人员　　033
一块糖的春节　　　　　　　035
2020年3月5日的阳光　　　037
防疫的日子
　　——写给家人及至爱亲朋　039
疫情期间的志愿者　　　　　041
建设路可爱的志愿者　　　　043
她叫杜鹃　　　　　　　　　044
请记住这个不寻常的七月　　045

第二辑　人间有爱　　　　049

山　间　　　　　　　　　　051
春天的一场花事　　　　　　053
云　端　　　　　　　　　　054
卖　花　　　　　　　　　　056
去罗平看油菜花开　　　　　058

小闺女	060
地下通道的老婆婆	061
腊八晚上的梦	062
洋娃娃	063
写给师母	065
无　题	
——纪念Y先生	067
小鞋子	068
陨　石	069
家长会	070
搬　家	071
画家朋友	073
话　题	075
一树花开	076
小碧玉	078
陪妈妈去买药	080
花	081
我们去看花	082
摇摇欲坠的桥	083
男生宿舍	084
找爸爸	
——给画家朱东	086
兔子老刘	
——记朱东的兔子	088

观　画

——给朱东的《九个月亮》　090

怀念父亲　092

朋　友　095

星　星　096

沿　途　097

河　床　098

车　站　100

小小老鼠睡着了　101

雪天的麻雀　102

绒布兔　103

一只叫黑宝的八哥　105

从沙漠边到海边

——给父亲　107

看太阳　109

青山亭　110

末班车　111

爸爸与诗歌　112

云端的相见　114

雾中的张家界　116

南方小城　117

门　卫　119

封闭的时光　121

小灰兔　　　　　　　　　　122

微　笑　　　　　　　　　　124

放　过　　　　　　　　　　126

游　园　　　　　　　　　　128

父与子　　　　　　　　　　130

父亲离开后　　　　　　　　131

小区蔬菜点　　　　　　　　132

这年春天，我的那些小植物　133

布　猪　　　　　　　　　　135

夜晚的马　　　　　　　　　136

给画家朱东　　　　　　　　138

马路和狗　　　　　　　　　140

爸爸离开我已一年　　　　　141

灰兔子　　　　　　　　　　142

失　眠　　　　　　　　　　143

小牡丹　　　　　　　　　　144

流浪者　　　　　　　　　　146

酢浆草　　　　　　　　　　147

第三辑　草木有情　　　　149

别亦难
——献给罗平的春天　　　151

石头朋友　　　　　　　　　153

观陨石	155
黑石头	157
张灯结彩的牛车	158
雪花·油菜花	160
油菜花开	161
雾　中	162
一根火柴	
——给东林	163
小行星	165
三块石头	166
结冰的湖	167
笼中兔	169
麂　子	171
北方的树	172
树叶的演奏	173
皮　草	174
锯树不是锯木头	176
郁金香	177
一皮卡兔子	178
小花园	179
小野鸭	180
捉迷藏	182
苦苣菜	183

斗篷花	185
大翅蓟	186
柏杨河边	187
春天里	189
蓝刺头	191
鲤鱼山上	192
怪石峪	193
何时才到黑森林	195
打碗碗花	197
狗尾巴草	198
落新妇	199
小星星	200

第四辑　白杨树下的歌声　　　　201

温柔地覆盖	203
遇	205
月光曲	206
树　下	208
南　方	210
别　后	212
浅　秋	214
过期的糖	216

赛里木湖　　　　　218
我在风中追赶一片湖　220
我们之间的微气候　　222
卖花少年　　　　　224
当我看着窗外　　　226
嫁　接　　　　　　227
最小的友情　　　　229
又一个七夕　　　　231
油菜不停地开花　　233
老吴的花　　　　　234
小地雷花　　　　　236
我与一棵树　　　　237

# 第一辑　收获美德的大地

吐尔尕特边防连的军犬

十月,帕米尔群山白雪皑皑
寒风浩荡
下了车,稀薄的空气
卡住了我的脖子
二十几米的路如此漫长而恍惚
我感到随时会栽倒在地

边防连的军犬在大门口引路
多么聪明的军犬
它的一条前腿冻残了
用三条腿支撑一份责任
不时回头张望掉在最后的我

我怎能忘记你
高原战士最忠诚的小伙伴
你一定有个名字
可我已没有力气去打听
如果你会说话

边疆的白杨

一定会告诉我边防连里
每一个战士的动人故事

这里很冷，却很干净
荒凉而寂寞的帕米尔
保家卫国的军人
用年轻的生命在此深呼吸
用钢铁般的意志
捍卫着每一寸国土

草原之夜

在我出生之前
已有人将东方小夜曲
寄存在荒原的夜色

那是一群苦难的光棍
在枝繁叶茂之前最感性的呻吟

那时,原野上的小狐狸
站在洞口对准拖拉机发出了警报

野鹿、兔子和胖胖的旱獭
在勇猛的坎土曼下落荒而逃

不要怕,群山汇合着原初的草木
早已张开了仁慈的怀抱

科古尔琴山、婆罗科努、乌孙山和那拉提山
围坐在星空下温柔地存在着

边疆的白杨

地图上这个小黑点
是上苍给予生命必需的种子,一座城的起初

退役的骑兵忍痛将战马套上犁铧
跪倒于新翻开的碱土地上

沸腾的战马拼尽了最后的血
天上的银河、地上的河流继续为它奔流

地窝子、蒙古包、芦苇窑洞落户荒原
多民族的大生产,让万户有烟

可克达拉的夜色,星星寄送的馨香
发送给世间万物的情书,你收到了吗

荒原上年轻的拓荒者
沿着荒凉的铁轨走来的姑娘
同时遇见——两朵微云秘密交融的静美

可克达拉在一朵花里
开出了一个又一个神的后花园

一天夜里,几颗恰好经过的星星
把最宝贵的丝弦拴在它们倾心的可克达拉

温柔疲惫的你啊,是否知道
为什么可克达拉
总有一个隔世的呼唤
如同情人的眼泪把你留住

托云牧场下雪了
——写给"访惠聚"的谢家贵

大雪封山时
嫂子给你送菜
第一次进牧场
通往二连的山路
埋在齐腰深的雪里
雪迷失了方向,抹去了上山的路
她不知所措地挥泪
消失在风里

第二次进牧场
嫂子送菜
雪依然在下
沿途荒凉
她的心隐隐在疼
鹰在天空盘旋
一个孤独的小黑点
瘫坐在山脚下

她只想亲手给你做一碗蔬菜汤
炒几样湖南小菜

第三次
嫂子送菜
山里又下雪了
她的发誓转眼成空
不会骑马的你
要下山迎她
这匹连队里最吃苦耐劳的马
连摔带走,最后双腿跪在了雪地里
它在祈求一条下山的路
你一遍遍抚摸它的鬃毛
鼓励它站起来

界　碑

帕米尔高原
披着荒凉的褐色
春风微微染下的一笔
是些稀有的
长不大的野花
和长不大的小野树
当白雪爬上绵延孤绝的山脊
托云牧场沿途
细细的季节河
在太阳下凝固成一线冰冷的银色

边防战士
在稀薄的空气里
渐渐长成了钢铁的身躯
风雪里的刀子
越来越动摇不了他们守边的意志
牧羊人赶着喘着粗气的羊群
也在守边

经过界碑的时候
他会在此坐一会儿
拂去界碑上呼啸的风雪
让我们的版图
变得干净

巴楚的星星

巴楚的天上撒满了繁星
白杨树每晚都要跟它说悄悄话
有时星星高兴了
会送给它一颗亮闪闪的宝石
白杨树佩戴着
在微风里试着起飞
我们睡着了
并不知道它去了哪里
它到天上逛街去了
带回一把小星星
喂给地上的麻雀
不能让它总是收起翅膀
母鸡一样在地上东奔西走
一会儿向老绵羊借钱
一会儿向大公鸡借几粒麦子

琴　弦

看见握着空杯子的我
依玛莎汗提着绿暖瓶小跑过来
她接过杯子
咬住暖瓶塞嘴给我添水

你小小的嘴
被封死了
依玛莎汗,让我为你拔下
那只令人惊慌的软木塞吧

你的旧袍子
那一刻被晚风拨动成
离我最近的琴弦

你取出炉膛里烤熟的黄玉米
放在耳朵上听一听
让我也听一听
这个世间最香的小乐器就属于我了

边疆的白杨

你爬上歪歪扭扭的木梯
帮我捉夜空的星星
十一根粗笨的横木瞬间变成十一级灵巧的音阶
这把通往天空的乐器就属于你我了

依玛莎汗的早晨

依玛莎汗的早晨是忙碌的
十五只芦花鸡
围着她
看她坐在木梯的琴弦上
低头剥玉米
它们等着一道金色弧光的降临

六只小山羊闻讯赶来
埋头吃玉米
然后化作柔白的光从小院疾驰而去
依玛莎汗默许了它们的流浪

二十三只绵羊住在木栅栏幼儿园
弯镰打下的青草含着露水
它们自动排排坐
老山羊胡子半尺长了
它就是愿意蹲在这个幼儿园

杂木林中的兔子

八连的树林
几只兔子就交给你了
密密的草丛里
兔子小乐队
会得到你一草一木的庇护
它奔跑的鼓点
离开,又靠近
获释的自由让兔子们迷失
一只跑了回来
第二只又跑了回来
傻兔子,跟着我没前途
快回去吧
记住,不要跑到有人的路上
妈妈没回来
谁都别出来

一罐巴楚蜂蜜

夜,让我看不见你
闪电让我认出了你
门廊的灯泡下
我叫了声:姐姐
用了自己都听不见的声音

抱着一罐土蜜
你一路泥泞穿越暴雨
光着脚泡在水里
朝着我的方向慌乱地泗渡

闪电给你的村庄
拍了上百张激越的照片
每一张里都有
你柔弱无比的身影

在归途中,我抱着巴楚的蜂蜜
雨水中哭过的罐子已经安静

边疆的白杨

这是打湿了翅膀
生了病的蜜蜂送给我的
它将兑进我时常苦涩的生活

小亲戚

11个八连的小孩子
第一次坐火车
离开村落去远方

路过绿洲
路过茫茫戈壁
最后来到汉族亲戚的身边

维吾尔族小亲戚
排成两队走在乌鲁木齐的大街小巷
他们看了那么多个第一次

艾克达说着
高楼、电影院、博物馆、好吃的
他的目光里一个宝地在闪光

阿卜克比尔说
乌鲁木齐的路太长太长

边疆的白杨

只好迷路了

安再尔学会撒娇了
贴着亲戚
钻进他的怀里不出来了

周边的楼房
模仿着艾克达的好句子
变得更漂亮了

边陲之城
在阿卜克比尔的提示下
成了童话里的迷宫

火车送来了一群小精灵
他们无邪的童趣
密密地编织进我们的生活

喀什噶尔的土陶

它是制陶人吐尔逊一家
用手做出的一小片陆地
门前的吐曼河浇灌着麦子
也将自己保存在陶罐土碗的泥胎里

草籽、柴烟不绝的生活
在高崖土陶水桶里放声歌唱了千年
一坨泥巴
在脚蹬踏板上将古朴的意象交付世间

你看得到,土陶上隐约着
高台民居动人的身影
听得到,土陶上
粘着羊粪蛋的小脚丫
在幽深土巷中张开翅膀地奔跑

最小的巴扎

一个人的巴扎
开张在喀什凌晨街头
一小块方砖上
最后一捧冬枣
沉入了睡眠
这是喀什盛大巴扎的一个句号

你若赶赴过有着几国贸易
充满喧嚣与沸腾
烟熏火燎的喀什大巴扎
看到过会微笑的小毛炉赶场的热闹
看到过会传情的古丽
领受过绚丽的无限图案的缤纷
享用过烤羊肉和热馕的麦香
石榴汁和格瓦斯的迷醉

那么最小的巴扎
就像你刚刚参加完一场盛宴

流落到清冷的梦境里
卖冬枣的老人
守规矩地坐在路沿石上
等着卖完枣回家

帕米尔高原上的一群白杨树

是谁把种子撒在荒凉里
它们在大风里没有离散
几百颗种子变作黄金沉入地下
一群小野树林在春天集体起立
它们紧紧地靠在一起
如一群洁白的合唱团少女
圣洁的身影让孤独的野骆驼
流浪的牦牛陷入泪的恍惚
一群无法长大的小白杨
在风暴击中的伤口上唱自己的歌
它们密密地聚集成一堵清秀的墙
只许善良的生灵穿墙而过

扫 帚

徕宁的古城墙下
卖扫帚的老汉
将扫帚高高地举向天空

他的手推车走过的地方
天空就干净了一片

在明朗的深秋
扫帚带着高粱的红
灌醉了天空

在出售之前
老汉不许它们下地
这里的扫帚就是这样得干净

工作队的谢文

野兔把洞打到工作组院子里
那是谢文的工作队
野兔是中了头彩
怎么能吃这么可爱的兔子
那是谢文的善良

他辛苦了一天后
常有兔子站起来看着他
谢文为南疆老百姓做了很多好事
兔子善良的眼睛
看到了他白天到晚上的辛劳

我把放生兔子的事告诉他
兔子能活下去
谢文坚信
放生八连杂木林中的兔子
该排着队来此庆祝这
伟大的生命预言

谢文没有留下联系方式
像那群消失于茂草的兔子
像天空中一飞而过的斑鸠
像南疆大地上朴素的一段旋律
像微笑着经过你的无名草木

数星星

星星守着天空
庄稼守着好时节
白杨树守着宁静的大地
毛驴守着旧木车
驮麦子驮棉花驮一家人去赶巴扎

我有些茫然
我守着什么呢
我守着并不归我管的
会发光的星星
暖和着人间的棉花
我守着一闪而过用温柔的小蹄
轻敲大地的毛驴

我守着的东西
变得越来越少了
比如,那些城里的星星
被谁一颗一颗摘走了

难道只有在最纯朴的屋顶上
天穹才会噙着幸福的泪花
在深蓝里一颤一颤
在离屋顶最近的地方

有一个夜晚
——兼致坚守在"访惠聚"工作队的张高鹏

那一面湖水
引来了满天星斗
深蓝的夜里
你听见星星在水面的轻柔絮语
你把睡梦中的妻儿唤醒
为了一个稀世的夜晚

所有的星星赶来了
为了凡间一次分离太久的小团圆
星星们挨在一起
围坐在你们仨身边
那些星光赶来
不知已跑了多少年

坛克达瓦蜂蜜

寒冬到来的时候
我的亲戚古丽丹
从三千里远的八连捎来的蜂蜜
我平淡的日子一下子充满甜味

站在雪地的风口中
我闻到了
山野间悠远的气息
那是百里香加野薄荷
兰花贝母加艾蒿
那是一百种植物令人迷醉的呼吸

喝了那么多年的蜜
唯独这一次
古老纯净的琥珀色
让我的心为之沉醉
我决定看够了再喝掉
可有的东西是看不够的

边疆的白杨

古丽丹,从乌鲁木齐回去后
你又要回到小裁缝铺
在那里,你曾忙到深夜两点
为我赶制新衣服
老灯泡下
我配合你缝扣子
那样的夜晚,稠浓如一只蜜罐
星星多得往下掉
我们又疲惫又甜蜜

献给抗疫前线的医护人员

在这个春天里
祖国的版图被疫情的高温烧红了
小心,每一口空气
留心,鞋底的灰
我们在屋檐下,在保护伞下
前方勇士们壮怀激烈战斗到底

四面八方的医务人员
日夜不休急行军
告别故土,告别亲人
保卫英雄辈出的武汉
保卫全中国
爱国主义、人道主义、集体主义
化作长空里斩杀妖魔的利剑
生与死的硬仗要靠他们打下来

在最危险的前方
病魔妄图将人间春天变成死寂的坟场

边疆的白杨

将生命的灯盏全部扑灭
多少垂危的生命等待拯救
医护人员的命早已交给了神圣的使命
一不怕苦,二不怕死
他(她)们用血肉之躯筑起保卫人民的钢铁长城

多少的生命从死亡线上被拉回
哪一个患者能看清他们的救命恩人
记住的,只有天使的眼睛包裹在模糊的雾气里
只有84岁的钟南山老父亲一样的眼泪
在一片慈悲的海水里
含着对人间无边的深爱

等到这场战役打赢了
朋友啊,记住这些最可爱的人
延长了数以万计百姓的生命线
当脱去沾满征尘战斗的盔甲
他们就是朴实仁爱的邻家兄弟
这样的公子,世间无双
她们就是陌上春天里动人的颜如玉

一块糖的春节

大年初十
家里只剩一块糖了
既不能出门买
也不想买
仅有的一块糖
一定知道了这个春天的苦涩

我的家乡武汉陷入了悲痛
我的祖国正被可怕的病魔黑云压城
宅在家里,我无用的眼泪
一天比一天多
我知道无数人正奋不顾身舍家为国

每天的疫情报告里
我看见了生命拯救的希望
也看见了悲伤至极的墓碑
想给陷入灾难的同胞写几句话
神圣的中国汉字
我却不知该怎么用了

边疆的白杨

我只能向来自祖国四面八方
来自海陆空
逆向而行
疲惫不堪的白衣天使致敬
向84岁老父亲一样的钟南山致敬

他们让我想起
武汉三镇同时打开的窗户里
悲壮传出的《义勇军进行曲》
和《我和我的祖国》

艰难的时刻
他们让我想起曹植的《白马篇》
捐躯赴国难
视死忽如归

2020年3月5日的阳光

拿到临时出入证
终于可以迈出小区大门了
春天的万丈光芒
瞬间将我包成了一块糖
我感激这一刻的到来

阳光,将没有发芽的白杨树包成了糖
将积雪包成了快要融化的糖
将流浪猫包成了劫后余生的糖
将汽车包成了糖
将楼房包成了糖
将房脚的枯草包成了糖
黑色的小流浪狗眼睛发出耀眼的银光
那道生命之光一定会透过糖纸

而我知道,大疫过后
一颗朝着湖北老家
朝着众多落难者泪水长流的糖

边疆的白杨

恐怕已变得苦涩
阳光的糖纸包着一路上麻雀的鸣叫
小黑鸟在路边的枯叶间疾走
它快要把糖纸踢破了
阳光里还有无数张预留的糖纸
留给这个春天即将出生的万物

防疫的日子
——写给家人及至爱亲朋

家人朝夕相处
一起看新闻,一起静卧
一起焦灼,一起祈愿
在小小的瓮城安居
白衣天使泡在人间的泪水苦水里
天使的翅膀下
我们在每一个蔚蓝的平安日醒来

我们是最小的战车
你是左边的轮子
我是右边的
车上坐着我们的小孩
我们是社会最小的单元
在一根车轴的两端把持住端正的方向

封闭日子里
想着湖北老家一个人过年的妈妈

边疆的白杨

想着好朋友和一切陌生人
想着全城失去食物的流浪小狗
想着无法前去的角落里
站立着向天空借胡萝卜的七只兔子

我看看这边的窗户
看看那边的窗户
一群天天报到的灰麻雀去了哪里
幸存的黑八哥来了
隔着玻璃向我打招呼
今天,一只褐色的鸟
背着一把小琴在窗台上独奏
春暖花开的日子就要到来

疫情期间的志愿者

他们给居民送来米面油
让我们生活

送来肉和奶
让我们生活得更好

清理我们堆积的大量垃圾
让我们拥有盛夏的清洁

他们让水变得洁净
让电续成夜晚的光明
让家家户户炉灶上饭香四溢

日复一日辛勤地劳动
让民间情义升温

我只知道极少数几个人的名字
比如杜鹃,比如杨雄林

边疆的白杨

我感到谢谢这个词
已显得越来越苍白
越来越干瘪

建设路可爱的志愿者

夜很深了
小区的灯光一盏一盏熄灭了
建设路的志愿者
赶走了自己的睡眠

深夜一点
深夜一点半
深夜两点
巡查的脚步还没有停下

建设路的志愿者
一群晒得黑黑的蜡烛
在小区的灯光熄灭之后
仍点亮自己
照着他人的幸福

她叫杜鹃

一个朴实的社区包户干部
一个比我小的妹妹
疫情期间
我认识了她
她的声音我记住了
她护目镜下善良的眼睛我记住了
当我酣睡不醒时
她和其他工作人员
还有志愿者
一群弯腰流汗的劳动者
只剩下极少的睡眠
今天,杜鹃提着十几袋垃圾站在楼道
等着接我的那一包
我想对她说什么
但所有的词汇
都没有高过
杜鹃

请记住这个不寻常的七月

请记住这个不寻常的七月
当新冠病毒这群恶魔
翻越天山,疯狂来袭
所有善良柔弱的生命
正被一双慈悲的手
紧紧呵护在掌心
这双手
是奋不顾身的白衣天使
是没日没夜的社区干部
在志愿者的队伍里
我认出了最好的邻居
他彬彬有礼
干起了最脏最繁琐的活
我们写着大爱的辽阔的国度
让我们成为
铜墙铁壁保护着的幸福的孩子

于是,我看见和听见了
这个不寻常的七月

边疆的白杨

一个个日子
一个个名词
在温暖的襁褓里
被安全孵化
有一种放心
叫严防死守
有一种人间友爱
叫暂时隔离
我们自由呼吸着
为人类的安宁祈祷吧——
世界复归宁静
每一个黎明和黄昏
恢复它原来的最美的样子

请记住这个不寻常的七月！
黄昏,万家灯火
大地,炊烟袅袅
我相信
一切短暂的不幸即将过去
一张张熟悉的面孔
会重新绽放生动的笑靥

我已收获诸多亲密的问候
眸子闪耀朝霞的明亮
我们的大美新疆
也必将带着生命的礼物
扬帆起航

第二辑 人间有爱

山　间

雾锁群山
所游之处
是一程又一程的渺渺茫茫
如梦幻泡影

木栈道上
你伸出手
坦荡地导航
令山间皆明

我带回白雪故乡的
唯有你不经意间递出的
千山万壑

今生数不清的界山界河间
有一条清溪在长流
此后,或是来生吧
有一条永远的清溪,在长流

边疆的白杨

它发源于你慈悲的心怀
温柔而不可琢磨的掌心

春天的一场花事

有人,到春天就病了
油菜花,到春天就开了

她说,不是她病了
是花病了,病得那么美,烧出了生命的颜色

其余的时候,它安静得找不出自己
你喊它,它也不显形,因为花没有到来

春天走的时候,含泪的花蕊
都踮起脚尖,以为到了最高的山上

那个人,没有理由留下了
而花,只好去了榨油的作坊

云　端

爸爸,舷窗外
那一朵黑乎乎的云是你吗
它在高空的寒凉中一路追赶我
让我识别出在世间消失的你
没有想到,北方的初冬
我们会以这样的方式相遇

隔着无法打开的小窗户
爸爸你幻化成云的模样
这朵云心事重重
我多想摘下一小块
再度牵住你的旧衣衫

你正在高处运送着雪花的原料
已成为天空的搬运工
换了新工作
雪将落在我的城
也是你屯垦戍边了几十年的疆域

灯火明亮的黄昏
雪花铺出了干净洁白的道路
我要擦干眼泪
回去告诉妈妈
只有我,知道爸爸去了哪儿

卖 花

卖花的老婆婆
站在临沂街头
头发很白
花很红

手推车上的春天很短暂
她期待
过往的行人带走那些美丽
她知道,过不了几天
一车芬芳就会陨落

临沂城有八条河
河中有八个月亮
就是月亮都肯抽出丝线
也不能缝好坠落的花瓣
呵,没有一个世间的男子
喜欢打补丁的花

在临沂街头,我看见
一朵落花,丢了娇艳
在最深的黄昏里化作老婆婆
推着小推车
兜售自己的前世

去罗平看油菜花开

记得小时候
家里开了个小油坊
爸爸说,木头的榨油机
在一个暴风雨之夜叫了半夜,最后跑了
那年春天,饥饿的村庄
瘦得不成样子

四十年后
我来到彩云之南
捧着北国的白雪
来兑换南方的金黄
又想起那个老木头榨油机

呵,罗平
十万亩油菜花开,集体的炫富
亮瞎我眼睛
镀了金粉的凡胎
深陷入这温柔而不可琢磨的腹地

不知归路
呵,油菜花开
一朵摇着一朵,千祥云集
我的灵魂,在无边花海徜徉
发誓找到一种绵绵情意
回赠天边的云

小闺女

大狗,快过来呀,这里有洋娃娃
小闺女挥动洋娃娃
兴奋地呼唤路过的大狗
大狗装聋作哑
没有反应
视而不见地走了
它错过了千载难逢的好朋友

小闺女怅然地看着它离开
在那喃喃自语
我从她身边走过
她没有喊我
也没有看我
大概
我没有大狗可爱
也不配分享她的洋娃娃

地下通道的老婆婆

通道里没有灯
老婆婆还摸索着缝鞋垫
行人匆匆,打着电筒
黑灯瞎火里
老婆婆坐在板凳上
俯身于活计
她在绣牡丹花吗

在靠墙的角落
一根棉线的独弦琴在她手上
从星期一拉到星期二
从五月拉到六月
拉不完的曲子里有漫长的孤单

她的针每扎准一个眼就找到一条道路
那根小针在这样暗的地方
多像一根小灯管
它若有若无的光
只有老婆婆摸得到

腊八晚上的梦

白天,我挑豆子
洗豆子,用豆子做腊八粥
晚上,我做了一个梦
梦见了苦豆子

一个没去过的地方
被我梦见了
南方的山坡上
生长着北方的苦豆子
山间,除了苦豆子
还是苦豆子

天空用干净的蓝和小朵的云
包裹着山
似乎世界只有这么大
这么寂静
我没有见过的散淡和悠远
也被我梦见

洋娃娃

在阿克苏机场
一个小女孩坐在不远处
抱着一个戴睡帽的洋娃娃

我不知怎么被吸引了
也许被它温柔的小睡帽迷住了

机场的天窗
给它投下一个活泼的影子

它用双重力量
开始召唤我

它大概也糊涂了
把我错认为一个小女孩

可我不能冒充一个小女孩
大庭广众下跑去跟它玩

边疆的白杨

它看了我一眼
过了一会儿,又开始打量我

机场浩瀚的人群
没有人这样注视过我

洋娃娃的眼睛在做加法
里面的我越来越多

它让我想起了童年的一段往事
我不再担心被人嘲笑

决定过去与它相认
但愿今天的飞机晚一点儿起飞

写给师母

你走后
师母告诉我
当得知你病情,她快要疯了
但她不敢疯啊
疯了,谁来照顾你
她围着你病床转,转了白天转晚上

你走后
孤单的师母
是你留在世间的残山剩水
当年苗条的护士小周
眼里的雨,一直在下,一直在下
她围着你的药罐子转
守着一千只,一千零一只药罐子
站在悬崖边

你走后
可知道,你叫了大半辈子的小周

边疆的白杨

为了接住你灵魂的坠落
她对着苍天,张开了一千只手臂
一千只手臂也疼不过来啊
只有她,才是你的神
一个早春时节,梳着麻花辫的年轻的神
可是,如今
神也不能将你唤醒了

无 题
——纪念Y先生

一只飞鸟,是天空的
天空之城,住着它的心跳

当闪电击穿了一片蔚蓝
一只飞鸟身负重伤
给天空留下一曲哀歌

它拔下云端的羽毛
书写了最后一行的悲凉

没有一张白纸
托得住这么疼痛的重量

你这一生都在练习飞翔
唯有这一次
让天空,空了

小鞋子

好些年了
一个老婆婆一直在
地下通道做小鞋子

这里没有太阳
也没有月亮
通道里的光就够用了

一群虎头鞋天天站好队列
也不见有人买
可她还在一双接着一双做

天快黑了,我看见她
抽取头顶的一根白发
安静地坐在幽暗里穿针

日子久了
看见这一幕
会害怕老婆婆带着小老虎突然消失了

陨 石

你终于脱了一次轨
看来你是高兴的
宇宙茫茫黑暗中那一点蓝
激起了你浑身的火
你点燃自己
为自己点灯
打磨自己
让自己渺小
最后撞身阿尔泰群山间
让我在六千五百万年后
拿着小铁锤
取出你身体里的琴声
你心里喊出的
我全听到了
你回不去了
就把这里当家吧
让我到你怀里去一下
就一秒钟
我有话,要对你说

家长会

在教学楼的大门口
女儿跑过来亲热地抱了抱我
我知道她需要提前给我打一支麻药

然后,我坐在了她的小课桌前
听着老师的轮番训话
此时,麻药开始发作
我储存的泪没有因家长的虚荣而飘落

坐在她上课的木椅上
一颗大钉子让我被迫注射了几针
回家后,我平静地补着裤子上的小洞
女儿一边写作业,一边想从我脸上找到最接近于标准
的答案

搬　家

许多东西是搬不走的
绕着墙壁绿了十八年的绿萝

一只不离不弃
装修中逃过数劫的小喜蛛

家属院小树下,五个幼儿园的孩子
给一只小白兔
举行葬礼
他们集体向一座小坟鞠躬的秋天

两只兔子
心甘情愿被我囚禁了三年
谁会收留它们
有谁会听见我内心微弱的呼唤

我慢慢收拾着书籍和杂物
一捆捆打包

边疆的白杨

一棵树要离开原地
就是这样的不舍吧

画家朋友

猪年快到了
你画了只野猪
取名归来
又画了只野猪
取名回府
站在高岗上的野猪
激动着群山
雄心万丈,只为归来

向一个天分很高的画家
要一幅画
实难开口
要两幅
近乎痴人说梦
你却一口答应

我拿不出可交换的东西
你说,又不是做生意

边疆的白杨

由此我想到了
一颗星与另一颗星
在无法丈量的距离里
保持着纯洁的呼应
如果有什么将我惊醒
该是此刻拼命奔跑的野猪

话　题

他们说,那个写诗的女人
从不寂寞。万丈红尘皆从笔尖流过
只是作为一个女人,她是寂寞的
他们说的没错
可这句话
瞬间把我化成一棵树
我希望来一阵狂风
连根把我带走
整整一个下午
我什么也不想说
既没有逃走
也没有留在现场

一树花开

别说,是昨夜的一场雨
灌醉了尘世
幸好,有这一场醉
让大地,升温
树,开花
桃树,低飞着一片挥之不去的羞赧
隔着时光的封锁
今年的花
跟去年的、前年的,更早的
秘密连在了一起
越来越绵密的春天
没有什么会消散
春天的针脚
连缀着百代光阴
每一个偶然
都有造物主切实的用意
春天,何曾让你失去
只是越攒越多

无法统计的静谧与
如谜的浩瀚复苏

小碧玉

石头晒太阳时
你放逐在地层汹涌的黑暗里
名花倾国那一刻
你已死了一百次,一千次

钻石的光向外侵略之际
你把光悄然收回
越收越紧
直到体内的光有了适宜的温度

一块可人的碧玉
曾在地火里,岩浆里
被虐待过
最后辗转到我的腕上
你温柔散落的小墨点被我珍爱

那温文尔雅中升起的一片小星星
不是你体内疼痛的弹片吗

谁也取不出
连同你含着春水的柔情

陪妈妈去买药

经过南二路时
我看见了地摊上
有一大片玩具
我抓起一只会走路的铁皮公鸡
给它上劲
看它在地上疯疯癫癫,快乐地奔走

妈妈说,她小时候
就有这样的玩具
公鸡、青蛙、兔子都有
她十七岁从上海回到小米畈时
带给三岁舅舅的铁皮青蛙
引来了一个村庄的小孩

可妈妈还是催我快走
就不让我买
等着我啊,铁皮公鸡
我会回来找你
把你的五彩斑斓藏好

花

你体会过
春天辽阔的怀抱里
一片花海
足以溺亡的深度
有过花海里不能靠岸的绝望

就该不害怕花朵的凋零
那场海水的退潮
是花期过后
独特的
生命奖赏

黄昏里,星星点点的小花
是一片银河的到来
它们那么近,又那么遥远
我只需轻轻地走过
带着一点星光

我们去看花

我们走到花间
就暂别了人间
你说,这朵是宝钗
一朵花里
我们被压在春天难以承受的芳香里
失去了意识
我们被一树繁花迷住了
看了千百次
却忘了它的名字
总觉得在哪见过
最后还是识花软件叫出了它的名字
纯白的小花
是一群攀援在树上的小姑娘
我们怎么能叫得出她纯洁得不可触碰的名字
为什么每一朵都带着一滴水珠
来到人间,它们是欢喜得落泪了吧
在一树一树的花开里
有前缘啊
我们走到哪里了
还需要回去吗

摇摇欲坠的桥

在县城的偏僻处
那是座名不虚传的危桥
我不得不经过
经过时,我扶住破损的桥墩
在摇晃中要站好久
到处有裂缝
还是有一辆又一辆的重型卡车
冒着危险
横冲直撞地横渡
那时我爱着桥的对面
怕桥突然断裂
而不能赴约
恍惚中
总能看见
有生以来
难以计数的蓝色蝴蝶在桥下
忽上忽下改变着天色
就是这一群浩瀚的小星星
护送我过桥

男生宿舍

我说的是一座小山上
汗血马的马厩
一排高大俊朗的"男生"
隔着栅栏迷茫地向外张望
除了墙,就是游客
游客的热度比一杯茶凉得更快
背井离乡的马
让我想起连根拔起的大树
即使枝繁叶茂
也是荒凉至极的表情

来到"保尔"跟前
我久久打量着它
朝它歪着头眨眼睛
它也好奇地向我歪着头
它还不会眨眼睛
只用蓝宝石的眸子温柔地摸我的脸
激动人心的相认

让我藏在心里的话
还没有说出
它毛茸茸的耳朵就调整方位准确地靠近了我

这匹来自伊犁草原的马
大概想让我做它的信使
它有一封信藏在身上很久了
我也想让它做我的信使啊
我们都有秘不示人的爱
世间再也没有这么忠诚可靠的朋友了
只是我们双双被命运捆住了脚
已很难抵达目的地
即使到了,也只能远远地望着而无法靠近

找爸爸
——给画家朱东

你该感谢谁
狂风暴雨的王家庄
薄被掩护下的夜晚
没有归期的货郎父亲
那哀叫的狼狗
也在找它的父亲吗
这一晚叠加的无助
让五岁的你
在土院的墙上
第一次布满相思
你用沾满泥巴的小手完成了父亲的归来
从东,从南,从西,从北,从山间无穷的夹缝里
父亲回来了
这场父子相见
太浩瀚
爸爸不会不知
爸爸会喜欢五岁的儿子

送给他的桃花源
三十多年了
"找爸爸"依稀可见
在王家庄的颓墙上暖着一个老父亲

兔子老刘
——记朱东的兔子

我没有见过叫老刘的兔子
只见过它的油画
眼睛一只睁着
一只闭着
还在画布上淘气啊

朱东没有等到它变老
老刘就死了
他外出归来
朋友在电话里抽泣
因没照顾好老刘而道歉
我觉得他的朋友
并不是为了老刘而哭

只有朱东会一张一张地
用最小的油画
画最会哭泣的兔子

找不到家的兔子
奔跑的河水缠住了兔子
敲鼓的兔子
举着孤灯的兔子

这么多兔子
哪个都是老刘
老刘从一幅幅小画里
逃向朱东
老刘回来一次
走一次
只有朱东
可以把老刘从苍茫中召回

观　画
——给朱东的《九个月亮》

那深蓝里的九朵花瓣
是月亮的九次显身

月亮不会花瓣一样飘零
它带着透明的忧伤
把自己滚成西西弗斯的石头
它有一颗实实在在的心
催万家灯火亮起来
又催人不眠

它的光比花还香
它的香在过去,在现在,在未来
它的寂寞是走着走着
一段人间就消失了
它的光里
又生长着另一段人间

月亮带着一颗孤心
它想下凡
凡间没有另一颗心
是这样没有间隙,不会变坏的

于是你将月亮固定在画布上
让它在苍蓝里柔弱成一缕天香

怀念父亲

当你离开这个世界
我才发现
可惜了,世上没有你
路上遇见的每一个老头
都让我想起你
可没有一个我能叫声爸爸

讨厌你的妈妈
也不讨厌你了
她开始与你和解
想起你诸般的好
原来妈妈是这般离不开你
你们曾经的争吵和打架
如同从未发生

如今,我只能在一股烟里
十字路口一堆火里
感受到你

我出了一本小小的诗集
活着的时候你没读到
爸爸,天黑的时候
我要捎给你
你就着火光读一下女儿蹩脚的诗行吧

像从前一样,你戴着眼镜
举着放大镜
用"五只眼睛"
察看我在世间的形迹
诗里有浪花般的欢乐
也常常装满了眼泪
过去我把它藏起来
怕你窥见我的心

尤其是觉察到
你的女儿在哪里摔过
心曾被狗吃了
也不必太难过
爸爸,我爬得起来

不应有恨

在三月,在花间

在想想就能落泪的有爱的人间

朋　友

当黑狗什么都没有时
它还有瘦小的花狗

当花狗什么都没有时
它还有跛腿的黑狗

它们来到公交车站乞讨
又一起落寞地离开

小男孩问妈妈
它们是朋友吧

星　星

我打开窗
放星星进来
在巴楚
我又见到了童年的星空
深蓝的天空里
依然撒满了甜甜的白砂糖

它让我想起一小段生活
姐姐吃面条时
哭着让妈妈放白糖
她被糖诱惑着
发现了天空里的甜
那一群星星却不知道
它已荒废在高处

沿 途

还有一朵花
在秋风里绽放
它不知道
它已被冬天跟踪

一车黑猪
离开家园
它不知道
它的生命涨价了

一座危桥
立起警示牌
桥上照样跑满车辆
它不知道还有多大承受力

河　床

妈妈在晴雨桥上坐着
看河床里
慢慢走着的我

连续的干旱
小米畈村河水断流
植物落户,生长出浓烈的草木篇

苍耳、土荆芥、狗牙根
小蓬草、七里香、杠板归
用身体锁住仅有的水,并吐出五彩的云

一群黑山羊带着小羊
母牛带着小牛犊
在河床里漫游,这临时的大草滩

小黑羊集体停止了吃草
观察了我一会儿

而后,一哄而散,笑着离开

白母牛从头到脚舔着小牛犊
另一头黄牛犊看见了
赶紧跑去找妈妈

当河水回来的时候
眼前的植物都将淹没于水面之下
或被时间的绳子强行带走

车　站

那只瘸腿的小黑狗
来到车站
找不到亲人
它天天都来
为的是找不到亲人

那只黑色的小土狗
在风雪的黄昏
走几步就停下来舔舔雪
走几步
又舔舔雪
它没有觉察我在看它
看着它的时候
我就成了它舔过的那一片雪

小小老鼠睡着了

它的样子
肯定是醒不来了
像一张摔倒的小桌子
四条腿直直的
冬天的冰雪固定了它的姿势
在树坑里,它成了一张无用的小桌子
到了无人的夜晚
它妈妈也许会把它背回去

小老鼠也曾被夸奖过
那是它爷爷干过的一桩坏事
啃掉了童话书的一角
新华书店那本书因此降价
小女孩为此高兴了好久
竟然一个字都没啃掉
小老鼠真好
那件久远的事
让一(5)班好多小学生羡慕不已

雪天的麻雀

雪天
老麻雀领着小麻雀
来到窗台上
它们朝我屋里张望
天蒙蒙亮
屋里亮着灯
锅里冒着热气
我
站在灶台边
一定有什么被它们吸引了

又一个黎明
窗外来了三只麻雀
站在一场新雪上
窗外是冷的
屋里是热的
我们之间封闭着玻璃的边界
多想让它们进屋取暖
一起度过寒冬

绒布兔

长长的小街上
小布偶隔着玻璃窗
站在小店橱柜上
在你走来走去的沿途
它们是绒布熊、绒布兔
全世界的绒布小动物
它们长成这个样子
就是为了你啊
它们那么长久地生存在民间
是为了等你
带它回家
或换回你一个会心的笑
你若成了少年
它会等你变成有小孩的大人
让你的孩子喜欢它
它会等你慢慢变成爷爷奶奶
让你的孙子孙女喜欢它
等孩子们都长大了

边疆的白杨

小布偶会耐心等着你变成一个孩子
像小时候一样抱着它
它就是为了你才来到这个世间的
为了让你开怀大笑
为了让你伤心时用它擦去眼泪
当一切如过眼云烟
也许你会说
珍宝不在黄金玉石店
还是我的绒布兔最好

一只叫黑宝的八哥

那只从小被小米喂养的八哥
自学了数不清的湖北话
它模仿长途电话铃声不停地"响"
让老屋倍加孤单
初春的一天,它逃跑了
屋后的鸡鸣山那么大
它的爸爸,也是我的爸爸
为了这个贪玩的浪子
开始搜山
看见掠过的八哥就唤"黑宝"
春天的山野实在太好
黑宝就是听到了,也会藏起来
那是爸爸飘雪的暮年
身边唯一的儿子

过了七天,黑宝落魄地回来了
爸爸用巴掌教训了这个黑瘦的儿子
从那一刻起

边疆的白杨

黑宝再也不说一句话
伤心地断绝了父子关系
妈妈说,是父亲的暴徒行为
造成了它永久的精神创伤
直到我千里迢迢探亲回家
黑宝见到久别的我
沉默了五个月后
开始说话了
它在告爸爸的状
在倾诉曾经短暂的,有点沮丧的流浪
还是看见了我这只候鸟身上
携带着似曾相识的漂泊

从沙漠边到海边
——给父亲

父亲,我到了渤海湾
见到了大海
因为你,这里成了一片汪洋
然而那也不过是一滴泪

灰蓝色的光芒里
我的小纸船就要起航了
船身上有我给你的信
海知道我的意志
定会将信捎给隐匿了行踪的你

正午的阳光给海面投放了
亿万颗银亮的小星星
但愿我的小船能带走一枚
神的灯盏

大海背着小浪花来来回回地奔走
就像你背着曾经幼小的我

边疆的白杨

大海的孩子太多了
它吃力地起伏着,喘息着
像所有的老父亲布满绵长的忧伤

它喘息着你的喘息
我不停呼唤着虚空里的爸爸
我在喊你——爸爸
也在喊海——爸爸

看太阳

年幼的时候
我用放大镜看过太阳

后来学会了
用放大镜点燃一堆火

我知道那是太阳一次偏心的仁慈
可再也不敢用此法对着烈日持久地注视了

我不是个孩子了
那样神秘壮观的风景只能看一次

青山亭

我从没觉得这个锁住的小园子会被打开
我得感谢那把锁
感谢它制造的荒芜与静谧
落叶落在它喜欢的地方
没有被扫把驱赶
积雪把台阶变成柔和的波浪
阳光顺着波浪重返天空
我得感谢那里的石头马石头鹿
当我驻足栅栏外
你们总在原地等着我
驮着落叶或积雪
身上的裂纹
腿上露出的钢筋
让我心痛
我也被岁月施了同样的魔法
隔着栅栏的老朋友
无需多言
眼睛里都有默默地相望

末班车

雪地里的小黑狗
用一点黑点染世间的白

它受伤的腿再也好不了了
可霜雪覆盖的路还很长

黄昏的车站上
小黑狗守着等车的人

它看看这个,又看看那个
它的眼睛里闪着湿漉漉的小星星

它停在我跟前
末班车也停在了我跟前

我上车的那一刻
车门夹碎了小黑狗含着星星的目光

爸爸与诗歌

回到老家小米畈
妈妈引我到小卧室
慎重地给我抱出了
爸爸生前的获奖证书
足有半尺高
全部是假的
不知爸爸从哪里弄来的
妈妈用少有的温柔
一一翻开
一一念给我听
身边的写字台上
还立着一个高大的假奖杯
那一刻,想起可怜的爸爸
我向这些平日痛恨的假东西
妥协了
我挨着瘦弱的妈妈
与她一起分享爸爸的遗存
我知道,为此

爸爸耗尽了青春与生命的痴狂
窗外桂花的香气在那个午后
为何要如此浩大
用一片汪洋淹没我的渺小

云端的相见

云里有列长长的火车
笔直地朝南行驶
舷窗外
缓缓地与飞机相向而过
这一幕错车
让我无声地
呼唤离开人世的父亲
爸爸,你就在那列火车上
你的呼吸已成为一小口一小口缥缈的云雾
你曾经越来越困难的呼吸
如今在天空中轻盈自由地舒展
并保存完好
在尘世间断了线的东西
原来都在继续

我疼就疼在
找到你已很不容易
需要我在万物的身影里依稀地辨认

有时在一阵袭来的风雪里
有时在黄昏孤独的树上
有时在一粒老纽扣上
你藏得到处都是
唯独没有完整地出现过
天空让我明白
一个父亲
是不会消失的
属兔的父亲
你是只善良的黑兔子
只是,不小心跌入了黑夜

雾中的张家界

去的时候
浓雾包住了群山
走的时候
它缓缓打开了包裹

几声隐约的鸟鸣
在身后,替一座山在喊我

为此,我常常想起
雾中的张家界
如何让我扑了个空
又如何温柔地善待了我

南方小城

也许是一江水
得到了三江汇聚的激动
也许是收集了一池灯火之后
将要奔向沅江
沅江之后
又将投入长江的期待
锦江婉转的清澈含着颤动的碧绿
小城的鸟鸣有了不同别处的音色

也许群山合抱的小城
打动了农舍的鸡鸣
它让所有的植物都准时醒来
桥边空灵的芒草
寂静的千里光
繁星点点的小野菊在集体发光
古巷中,人们脸上的好颜色
是温柔的日常调出来的
在西南的小城

才养出了麻雀和野山鸟的好嗓子
让它们有了足够热爱生活的理由

门　卫

他看了多少年门了
谁也不知道
在没有窗户的小黑屋子
他住了好多年
秋天,扫落叶
冬天,扫积雪

多少年了
他没有新衣服
他用天生的安静和快乐
装点了自己
变形的皮鞋
长满了含着泥土的皱纹

年迈的他
如今流落何方
哪里才是沙漠上走出的
一个穷老汉的家

有一年,在建设路
我一个人
冷冷清清的走着
他骑着一辆破自行车
叮叮当当地朝我飞奔

秋风鼓起了他的衬衣
他的身影
犹如一个焕发了光彩的
瘦瘦的旧门板

封闭的时光

封条贴着
是疫情期
门上的邦迪创可贴
我有了
提前退休的体验
多么怕天黑
天黑了
我还在吗
又多么盼天黑
微风徐来
每一棵野草都沉醉
深蓝色的夜空
有那么多好东西
等着我去摘

小灰兔

灰兔睡着了
像个小孩侧卧着
露出了雪白的肚子
抵御天敌的色素不够用了
耀眼的白被它藏了起来

灰兔走过的地方
会留下滚圆的粪蛋
三五成群
排列成不起眼的小星座

我把这些又小又土气的小星星收集好
一颗都不浪费
送到五家渠的二姐家

她把口袋里倒出来的群星
发酵后埋到菜地

茄子、辣子、西红柿都为之高兴
扁豆无比繁密的小紫花
会把她的日子点亮

微 笑

我需要收拾好一日又一日
凌乱中的秩序

我愿意让身边的草木
记录我的行踪

让灰斑鸠检查我工作之余
颜面上的问心无愧

让松鼠为我不够轻盈的脚步
同情我一下

让一杯茶
映照我心里的苦与甜

在黄昏的低眉里
让我的渺小

在劳动里,尘土里
微笑

放　过

一只小田鼠
咬破纱窗
偷吃了窗台上的西红柿
疫情隔离期间
社区送来了毒饵
一盘被染得鲜艳至极的玉米粒
透着宝石的光泽
放在窗台外
诱它前来
我讨厌鼠类
可鸟雀误食了怎么办
谁来为我唱歌
方圆几里的鸽子、麻雀和斑鸠
会认为我是最坏的人
天天飞来的蜜蜂
若舔了一下
就会倒地身亡
那些瘦小的野花

谁来授粉
饥饿的田鼠为了一次果腹
就毒死它
是不是太过残忍
它不就是为了活着吗
这么一想
放过它吧

游　园

我们遇见了花栗鼠
由此辨认出十一岁的自己

为了北方迟到的春天
我们用透明的郁金香碰杯
饮下蜜汁和太阳的光

我们打开失去已久的布衣的翅膀
在山桃下看见了桃子出生前的模样
捉住了一朵紫丁香带来的梦境

过几天就是山楂花的生日了
木栈道边，静悄悄的玉簪也快出嫁了
蒲公英和花旗杆给荒凉之地打上了馨香的补丁

我吃了三十九朵清甜的锦鸡儿花
我有些贪婪，有些羞赧
那一小餐的幸福，是那么实在

白杨树挥动绿色的小手帕与风商量着秘密的行程
你若亲眼所见
就明白了高高的白杨树已忘记了所有的不如意

父与子

一个有些荒凉的小站
火车还没有到来
附近的蓝栅栏
矮芦苇
开着小花的草木樨
被沙尘覆盖着失去了本色
一个父亲
捉到了常青藤上一只奔跑的小虫
黑色的小虫
发着蚕豆大的星光
他要带它上火车
带回两千七百里以外的家
给孩子一个礼物

父亲离开后

妈妈说,爸爸走之前做了个梦
梦见他父亲穿走了他的新鞋
妈妈说,是他父来接他了

妈妈,不要太难过
既是被爷爷接走的
爷爷定会把他带往一个好去处

我们将他摔倒时撞坏的小柜子修好了
过了一周
我们吃的仍是那天黄昏
爸爸做的晚饭

小区蔬菜点

院子里来了一辆小面包
后备厢打开了
萝卜、土豆、大白菜
露出了憨笑
高音喇叭一遍遍报着蔬菜信息

能出门了
管控多日的小区
戴口罩的居民
迎来了重获自由的小小激动
黄狗趁机溜出了家门
天空的雪花送来了二月的清冽

八九个人围着菜
如孩子们围着心爱玩具看不够
十五分钟后
小面包开走了
小狗被捉回
居民们自觉把自己捉回家

这年春天,我的那些小植物

好多天了
我的二十一盆小植物在城南喊我
榕树、石缝里的小榆树、绿萝、三叶草
集体在呼救
我寸步难移
无法援救
这个春天,悲凉的事情遍布天涯

一个月
两个月
不知道它们还能坚持多久
打开门后
我愿能扶起最后的呻吟
为每一盆枯死的植物浇水
继续浇一个月
两个月
三个月
总有奇迹会发生吧

若是它们再也发不出一片绿叶
没有生还的迹象
我也不会放弃渺茫的努力
那是爸爸生前的最爱
过去我常常望着那棵他捡回来的小榆树发呆
它只有一寸高
它弱弱的,却绿得神奇
我不能让它断气
要鼓励它们
我会坚持为你们浇水
倘若我停止了这个简单的动作
那么我的这些小植物就真的死去了

布　猪

我想它了
地摊上买回的布猪
它长得粗糙
握着一把竹子小扫帚
坐在地下,似乎干活累了

我的爸爸
穿着针脚粗大的衣服
那一天
握着扫帚
靠墙坐在地上
那是他最后的姿势

当我意识到
他俩的命运何其相似时
爸爸已不在了
布猪曾被怀疑给爸爸施了法术
我恨过它,但现在它已得到原谅

夜晚的马

那些汗血宝马
世间稀有
现在只剩下
白天供人观赏
表演马术,驾车游园
门票里含着它的草料钱
级别高的还享有一只生鸡蛋

晚上,相邻的两匹
隔着铁栅栏
在昏暗的灯泡下深情对望
无法靠近的现实
不能阻止一匹马把脸努力挤过栅栏
在它兄弟的脸上蹭一蹭

相邻的马
让夜晚变得神圣
几平方厘米的亲密接触

让马儿完成了温暖的结拜仪式
一旦兄弟不知去向
另一匹就猛烈撞击栅栏
有着无以形容的悲凉

给画家朱东

每隔一阵,我将从尘土里穿过
去看你用颜料实现的坚实梦境
河流将蓝色礼物带给了苍茫
土屋墙壁上还模糊着你童年时一笔又一笔
盼父归来的幼小心愿

星辰照耀着上天朴素的创造
星辰也是上天的创造
它的光芒照着你的朴素而变得忧伤
你把世间珍藏在画卷里

你是不肯低头的
一个孩子是不看别人脸色的
沉默着的,纯粹的孩子
把画笔用得多么干净

你是个燃烧的孩子
在每一次竭尽全力以后

靠着自己的灰烬取暖
为了再度燃烧,你不计算还能活多久
你只算还能画多久

从中央美院到清华美院
为了一句诗人的诗歌
来到一座混血的边城
浪迹天涯
你就画吧,画吧,画吧
海水不就是这样后浪推着前浪
从而形成了无与伦比的波澜,抑或平静

马路和狗

两只狗结伴而行
它们在车流的缝隙间穿越
一只过去了
就等着
宛在水中央的另一只

马路喜欢这对狗兄弟
用沾泥的小爪子
给它扁扁的心
送上忧伤而轻软的弹奏

马路也想跟狗儿一样
带着另一条马路去流浪

爸爸离开我已一年

爸爸,如果你知道
我为你流了这么多泪
还忍心离开吗
你一定会坚持陪女儿多走一段

你的离开
让我不知所措
我的迷茫像烟
走到哪里飘散到哪里
我们父女
直到现在才开始
真正和解

我看见过
你在舷窗外的云里
在深蓝的墨水里
在海水掀起的灰蓝色波澜里
知道,你已成了彻底的流浪者
开始了另一段旅途

灰兔子

它常常站起来
为屋外的风吹草动放哨

它卧在床边
吃掉我深夜的噩梦

它站起来仰着头抱着我
让我蹲下来看看它的世界

我给它一点可怜的食物
它却跟我搭成了可爱的"人"字

我的疲累和忧愁
被它温柔的天真一遍遍擦拭

灰兔子,你是只老兔子了
一个少小离家,远离族群的孤儿

我的私心,促使你成为我
一颗毛茸茸的灰蓝色小卫星

失 眠

失眠就失眠吧
失眠了
也可以到达黎明

天亮之前
用一分一秒
抵达夜最深的地方

从那个被困的低处
一步步
攀援到黎明的崖岸

当第一缕天光到来的时候
把它抓住
放在最疼的部位

小牡丹

不要问我的家在哪里
我的家在有小牡丹的院子里

八月,它打开又合上
柔美的册页里
有不绝的炊烟升起又落下

身边的蓼花
是离人眼中的痛
植物的爱
在墙角发出细柔的絮语

一排美人蕉忍耐地绿了又绿
缺失了阳光之吻
大概永远不能开花了

地雷花,你也藏在这里啊
安家于此,不择贫富
在自己的缤纷里自由地浅唱

低矮处多少迷人的存在
给空白的生活
增添一片无限生长的云锦

流浪者

那条跟了我半条街的流浪狗
停住了
它一定对我抱过期望
又黯然放弃了
它离去的背影
像世间所有的离别

一只狗带着同胞兄弟去乞讨
眼里含着同一条河
在低得不能再低的地方
承受侮辱
以此修行

酢浆草

闺蜜家的酢浆草
叶子像极了紫色的蝴蝶
她的几百只蝴蝶
似乎做好了准备
随时要飞走的样子

去闺蜜家
总要来到窗台边
看那一盆蝴蝶飞走了没有
它们让我有些担心

酢浆草羞涩的小花
零星地开着
它的小酒杯是空的
它举着柔情的空杯子
看着我和闺蜜坐在屋里喝茶

在时光忧伤的长河里
我们说着说着就摆渡到了偏远处
把酢浆草远远的遗忘在了身后

第三辑　草木有情

别亦难
——献给罗平的春天

如果注定
爱,在别离时
就让油菜花再一次从我的梦境穿过
一路相随

我已越过季节的边境线
暴风雪又要给我上色
就让我插满爱神箭镞的躯体
重新走进最后的荒凉

但我可以告诉你
记忆中金色的花粉
已让我害病
让我记取半生流离的疼

但我必须告诉你

我是如何坦然带着一个春天重返寒冬
我笑出的眼泪
正噙着一曲弱者之歌

石头朋友

青山亭的石头马
陪了我多年
它经历了风吹日晒
慢慢地老了
冬季,又给我驮来了新鲜的雪
这是我们的冬天
什么白
都白不过这流着汗的融化

西大桥桥墩上的小狮子
排成两队等待我
因为我是它们忠实的牙医
从它们口中掏出过烟头
废纸片和岁月的残骸
今天我用湿巾给一只小狮子洗脸
用不够灵活的手为另一只梳头

我还有很多石头朋友
那只不幸的

终年头顶脏拖把的石头兔
什么时候消失了
是谁把它带走了
又带到了哪里
对此,我一无所知

观陨石

那是一颗星对另一颗的靠近
是一颗星对另一颗唯一的拥抱

为此,它破了天规
在天罗地网中变成一团火

抱着赴死的心一路燃烧
点亮漆黑的宇宙

它告诉另一颗星
我来了

另一颗全然明白
它不躲开,它在等待

那些陨石坑
布满有血有泪的爱痕

边疆的白杨

记录着
寒冷孤独的星星
一次奋不顾身的行动

黑石头

我不想把脚踩在它背上
我的鞋带松开时
一个黑石头
从植物园的荒凉里
躬着背爬了过来
我认出了一个隐约的身影
它一句话也不说
等着我
踩在它背上
似乎等了好多年
野草用绳子捆绑它的时候
野花用香气压住了它
百花凋零的风里
黑石头背着几朵雪花浮出了冰凉的身世
我弯下腰
仅仅把自己降低了一点
就听见
黑石头密闭在黑暗中的炽热的心跳

张灯结彩的牛车

多依河畔
犁地的牛戴着大红花
拖着木车等待游人

村里所有好看的牛
都被派到景区去挣钱

它会带着你
一路追赶多情的河水

那些张灯结彩的牛车
让我想起了草原上的山羊车

草原地广人稀
游人零落

一只大山羊慢了一步
生意被另一只羊抢走了

主人上去给了它一巴掌
像打自己不争气的孩子

雪花·油菜花

当北方的雪花
遇上南方的油菜花

一个清冷
一个炽热

一个只能榨出泪
一个只能榨油

雪化了,滴落油菜上
榨油的时候
你很疼吧
我只能给你一滴泪来镇痛

你那所谓的油
会不会是含着香气的泪水
当我们摆脱了原形
如此,就可以相认了

油菜花开

你是一朵小花
我却走不出你的边界
在春天
在彩云之南
我走不出梦的边界
也走不出现实的边界

当我回到北地的风雪中
漫天的小雪花
像油菜花开了个玩笑
转生于荒凉之中
呼吸里都是雪的微凉
有一点天空里的甜
自此,我知道了花蕊的味道

雾　中

大雾轻轻包住了群山
如同一封长得不能再长的书信
里面装了太多的内容
在它来不及封口的地方
我看见了比山更大的存在

现在,我只需走好脚下的这座山
你不是怕我摔跤吗
那就扶我一下吧
你拉着我受过伤的左手的时候
我的右手取了山间的一片雾
悄悄拭去一滴泪
当它滑落的时候
我们已经下山了

一根火柴
——给东林

倘若让我画一座罗平的山
我不要笔
也不要纸
我只要一根火柴
从磷的侧畔划过第一笔
你看,那柔曼恬静的小山
像不像我们罗平
如果火柴足够长
我就可以让云南的十万大山
逶迤成不朽的风景线

为什么有的地方
划出的火焰如同狂乱的战火
还有的,是怎么擦都擦不着的荒凉
只有在岚气弥漫的罗平
我的一根火柴
才能屹立出动人的山峰

一股生命的热浪开始靠近我的指尖
我不忍松手啊
一松手
一座山就消失了

小行星

围着你公转一周
需要九十九年
我是颗小行星
需要你的超大引力拉住我
我太小了
被更大的行星挡住了视线
我的心
却一刻不停跟着你在宇宙间澎湃

我跑得很慢很慢
在无尽的路上滚动着往前
你觉察到我满面成灰的幸福吗
我以九十九年的光阴抛出的一串椭圆形脚印
缘于你无言的努力
这最慢的脚步,是我跑出的最高纪录

三块石头

你从北地归来
从包里掏出三块石头
让它们排队站在煤炭宾馆的白床单上
从河里捞出后
它们的光就熄灭了

在水里可不是这副模样
你不嫌它们又重又不好看
坚持要带它们回家
因为这是额尔齐斯河上游的石头

一条河里的三兄弟
要跟着你背井离乡了
在水底它们那样单纯地注视过你
它们替你密封着一条远方的河
你因此喜欢它们滴水不漏
干巴巴的样子

结冰的湖

游园的人在岸边
看冬捕的鱼在冰上寻找呼吸
柔软的湖水冻僵了
冰层下还有鱼儿在逃亡

春天,一群小蝌蚪来过
初夏,它们成了小美人鱼
穿着垂柳做的围裙
附近的高楼也获得了水中的自由

会唱歌的白杨树
来到水里给鱼儿铺设林间小路
那刻在树上不朽的情书
被鱼儿瞬间搅乱

此时,来支边的南方野鸭子
集体消失了

边疆的白杨

每当它背着毛茸茸的小鸭子
从你眼前经过时
就把一整座天空背来了

笼中兔

见到我回家
黑兔子站起来
我到哪它望到哪
直到我进了另一间房子
让它看不见为止

我离家几天回来
黑兔子愣愣地站着
它终于认出了我
小嘴巴翕动着
高兴地弹奏起铁丝的琴弦
它是拙劣的琴师,我是它的知音

在笼中待久了
它总爱站起来眺望
我把小门打开
它只探出半个身子
小爪子迟疑着不敢出来

只用脸紧紧地贴着我的手
似乎只要这样,自由也并不重要

麂 子

那在万千次躲藏中长大的
麂子,终于含着一片树叶迎风
站在我远远地眺望中
但它的胆子并没随之长大
比如养殖户按倒一只公麂子
给它拔牙,动作必须快如魔术之手
超过三分钟
麂子会胆囊破裂、惊吓而亡
多么可怜的小东西
还渴望地平线上胆颤心惊的跳跃
殊不知,不断缩小的包围圈
已牢牢套住它的哀伤
它的哀伤换取一沓厚厚的人民币

边疆的白杨

北方的树

半年啊,小城没有一点绿
雪的天空下
北方的树收拢了所有的梦想
广东人戏谑这里
街道上站满了死树

它们不过被囚在寒风里
为了躲过死亡
给自己带上了荒凉的面具
集体失语在冻土上

当上升的地气
捂热它的脚
变柔的春风为它拔取头顶的积雪
北方的树用绿举起一座小城

树叶的演奏

漫长冬季
被谱成灵魂的和弦
收藏在体内。我们看见的
这一棵树,高扬的手臂
擎起一把又一把小提琴
八级大风
没能将它们吹落
它们保持不散的队形
等待新乐手来临
有什么隐秘约定吗
寄身尘埃的树
像尘埃一样安静,做着梦
忘记回家的路
也融化了风。但我知道
它会在春天复活
连同所有沉思的音符

皮 草

兔子狐狸与貉子
无论哪一种
我都喜欢

这些可怜的小动物
被抢走的衣服
在人间出售

为了逮住貉子
猎人趴在雪地上装死
貉子会用皮毛去暖和冻伤之人
它就这样酿成了千古恨

为了让狐狸毛蓬松迷人
等待狐狸的
是烧得通红的铁棍制造的毛发直立

皮毛下河汉般丰富的神经

遍布不消失的疼痛
它们就躲在大衣里面

锯树不是锯木头

锯树的时候
那一树的悲伤会遍及全身
断荏处,你看得到一棵树在沉默中落泪
用手给它擦泪,会越擦越多

一棵树由许多棵凝聚而成
那一圈一圈旋转的轨道来自遥远的星空
一圈一圈温暖又结实的环抱
是一个生命对另一个无端的依恋

九岁的哥哥抱着八岁的弟弟
八岁的抱着七岁的
最后两岁的小哥哥抱着襁褓中的弟弟
他们抱着,哭得最厉害的,手心里最小的弟弟

生命的汁液又怎能不黏稠
一棵树里有一汪谁也看不见的湖
湖水静谧如谜,喂养着朴素的儿子
它是不能被看见的,也不需要疼爱来擦拭

郁金香

那一片低矮的郁金香
端出了春天里,千盏的酒杯
阳光已灌醉了它
柔曼的弧形
不添自满
这芳馨的酒
在短暂的春天要酿造未来
杯中一根沉默的灯芯
带着独一无二的信念
在孤独中上升
我俯下身去
看它的骄傲
它的力量
它的谜

一皮卡兔子

装兔子的皮卡
刮伤了另一辆车
车主对峙着
送往餐馆的兔子
获得了多出来的一小段光阴
它们竖着耳朵
一群最听话的小观众
为人类担忧
它们的天真
是笼子关不住的
临沂城小街上
倘若司机多吵一会儿
一皮卡兔子
就多活一会儿
这是上苍的垂怜
可这垂怜也只有这么多

小花园

小花园只有一朵花
寂静的小花园
在夜色里点着一盏灯

小花园已有七朵花
是荒村里隔着三五里路的七户人家
它喜欢在星星下睡觉

小花园出现了十万朵花
它们搬来了浩瀚的银河系
在微风中拽紧每一颗小星星

星星都有着遥远的幽香
它又小又迷离
却含着一包从宇宙带来的泪水

小野鸭

天渐渐冷了
草木开始飘零
叶子在湖面
给小野鸭做拼图

微苦的时节
叶子告诉小野鸭
这里就要变成荒原了
要快乐,还要漂泊

三只小野鸭
是芦苇荡里活泼的藏品
湖水轻轻捧着你
它因你做了一回母亲

初秋的水面多了六颗小黑宝石
柔柔的,含着泪的宝石
带着质朴向我靠近又离开

湖水就要结冰了
野鸭还那么小
它翅膀上的一点蓝
是天空回来时
作为父亲带给它的礼物

捉迷藏

在南疆的巴楚成群结队出没着
可爱的虎尾草、兔尾草
那么多小老虎
小白兔
都藏起来了
没有一只露出头
更不会冒失地跑出地面
它只从沙土地上露出柔软的尾巴

小娃娃用小铲子
想挖出一窝小老虎
小老虎逃跑了
想挖出一窝兔子
兔子也逃跑了
总有点什么
会留下来吧
天上的星星多得装不下的巴楚啊

苦苣菜

你身上的刺太多
可我喜欢你
我已不在乎小时候被你欺负过

喜欢你叶子边缘生长的边境线
你绿色的版图里包含
群山
迁徙的大雁
绿洲
荒凉的沙漠小镇
找水的蛤蟆
奔跑的野兔
蓝色的炊烟
火车
针线包
会讲真话的洋娃娃
我
还有你一棵苦苣菜的微心愿

边疆的白杨

你的样子
像浪迹天涯没有归来的父亲
此刻我想等路人散去
躺在杂草丛中
在安静的忧伤里
小心地偎在长满硬胡茬的荒野父亲身边
一起看天空里变幻的云

斗篷花

八月,斗篷花
结籽了
它绿色的锦囊里
装满了一包一包梦的种子
红色、紫色、黄色、粉色
还有黯然销魂的白

八月,斗篷花
一丈高了
茂密的心形叶子
是坦荡的好心在时光里的显灵

它挂在枝畔的梦
一朵一朵又一朵
忘记了醒来
千万别摘取斗篷花的好梦
它连根拔起的痛
谁也治愈不了

大翅蓟

五月,大翅蓟
每天都在长高
它的样子很淘气

六月,别的孩子都在过儿童节
它被镰刀收割了
带风的翅膀散落一地

带刺的小孩
还没来得及打架
还没来得及开花
在它自己用刺围成的边境线里
消失了

柏杨河边

到河边走一走吧
看看它养活在河床里的石头

饮水的羔羊,是洁净的
牧人可从没清洗过它

数一数沿途的繁花吧
你可曾见过,每一朵花都有蝴蝶守候
数一数花间的蝴蝶吧

古榆窝里的百年树群
跳着忘情地舞蹈,不知今夕何年

看看郊外的天空吧
深夜游荡的星星
带给你天河里幽远的蛙鸣

边疆的白杨

金色的牛犊
你为什么奔跑
偏偏在离别之际
盲目地跟随我们的车轮那么久

春天里

春天的事物是让人分神的
星星开在草尖
灌木的呼吸幽远芬芳
凄迷的早熟禾
布置出广阔的梦境
黑鸟趁我在树下发呆
将羽毛上的雨水尽情抖落
带来又一场意外的微雨

在春天的任何一条小路上
都不知会发生什么
我已损失了来时的一条小径
眼下这条小路又岔出两条细小的迷途
到了春天小路也开始了自由地生长

我的脚步方向错乱
一会儿被花栗鼠叫住
一会儿被猪秧秧喊着儿时的名字

边疆的白杨

野古草
蓼
苣荬菜
雀稗
拉拉藤
知风草
蓝羊茅
刺儿
花旗杆
看麦娘
狗尾巴草
张灯结彩结着伴来了

哎,三岁的文冠树
摔倒在地还拼命地开出了一树繁花
大石头边侧身长出的野花和杂草
用蓬勃的温柔
融化了它的硬心肠
而这拼命跑向人间的陨石
一定是嫌宇宙太寂寞了

蓝刺头

在路边的灌木丛里
我看见了蓝刺头
它怎么从山上跑了出来
来这里让汽车尾气缠住了身体

蓝刺头,佩带护身的小箭
站在午后的光照里株容喜悦
它会长到一米五高
把神秘的色彩举向高处

园丁给灌木剃平头的日子就要来临
蓝刺头注定会被拦腰剪断
被当作刺客斩草除根
园丁不知蓝刺头有百里挑一的快乐的灵魂

蓝刺头,装备了上苍赐予的全副武装
若能活到八九月
就会开出迷幻的蓝色小星球
那是蓝刺头面向一整条街的微笑

鲤鱼山上

我断定那条小路的消失
跟一只流浪狗有关

昨天,雨水里淋湿的小狗
曾卧在开满蓝花的野亚麻丛中
灰色的雨水
纵横在它瘦小的身上
它的目光哀愁
里面含着小得不能再小的期冀

今天,一条小路带着小狗一起失踪了
寻找无望之际
却意外发现流浪狗卧在灌木的荫凉下沉沉睡着了
附近荫凉处
还熟睡着另一只黑白相间的狗

只有在梦境中
一条温柔的小路才现出了原形

怪石峪

那些已变成石头的动物
生活在阿拉套一个小山谷
大象、天狗、骆驼、羊群
现在都平静了
三教九流的人间
也完成了最后的姿势

动物和人类相处于幽静的山谷
它们喝溪流里的清水
闻野花的香
植物温柔的呼吸
感动着石头们沉甸甸的心

风吹来的时候
石头们张开嘴,放声歌唱
这是一个生动的小世界
爬地松、芨芨草、野山花、麻黄草
因欢喜醉倒沿途

边疆的白杨

天上的阳雀、五更鹉
溪水里的野鸭
奔跑的野兔
都愿意为石头们活着

何时才到黑森林

还没有走近黑森林
它已派出温柔的使者去迎候
小路的两侧
圆穗蓼
野火球
早熟禾
鹳草
蓝色的勿忘我
风铃草
拂子茅
卷耳
棉毛水苏
鼠尾草
数不清的
原野的小花
微笑着为你带路
你会越走越慢
哪个都放不下

边疆的白杨

小花小草因为什么也忘记了向导的职责
它们用野性的温柔
筑起了一道馨香而迷惑的墙
进入不远处的黑森林
是多么不容易
打开童话宫殿的门
估计用一生的时间都不够
这就是博尔塔拉的沿途

打碗碗花

荒野上
野生的打碗碗花摆了一地
绿绳子一只拉着一只
怕丢失了它的碗
季节的家宴就靠这些粉白的小碗了

你来了
它露出朴素的小酒窝
在低矮的高处
为你端出一只只小碗
请你在土墩上坐一坐
夜晚,打碗碗花把自己折叠成小信封
小心地护住生命的花蕊

狗尾巴草

人群中
我只愿做狗尾巴草
狗尾巴草中
我只愿做狗尾巴草
和它们一起摇曳在蓝色的微风中
轻声歌唱我们的命运

地球的上空
总有炮弹落到血肉之躯
让人间疾苦遍地
狗尾巴草
你只结满绿芝麻一样的后代
低垂着把可爱的子孙
撒遍天涯

落新妇

见到落新妇
就像见到旧时的娘子
什么样的目光
配得上这害羞的白月光
它纤巧得落生泥土
下凡来究竟要寻找什么

寂静的欢喜里
有它的幻觉
也有我的
仅仅因为名字
落新妇
就会无端地喜欢它

小星星

一颗星消亡了
它的光还在荒凉中奔跑
跑了十万光年
百万光年
还在跑
除非落在茫茫人海中
一双因渴望而失眠的眸子
遥远的星光
落在你身上才会停下来
当你铺满周身的微光
就成了它奔赴的行星
而你比一粒沙还小
开始旋转吧
一颗小星星

第四辑 白杨树下的歌声

温柔地覆盖

一个人在地上走不下去了
还有天可供仰望

还有一双手
可伸向自己那么大的一片蓝

天上的河流
没有一去不复返

天上的大运河也一直在开凿
工匠都是地上的志愿者

天上的雨会落下
不会中途停泊在悲伤的距离里

雨后的虹
会选一个好地方建一座桥

边疆的白杨

七彩的桥横跨出拱形的门
地下就多出一条路

在此经过,不必回头
过去了,就过去了

遇

一棵白杨树站在窗外
它看见包厢里
起飞又降落的酒杯
掠过一个又一个黄昏

它的目光落在我身上
隔着一层玻璃
我的酒杯在微微颤抖

我知道,我和你的间距
依然保持着树与树的间距
而我混迹人间,越走越远

整个晚上
你在为我送行
有时捎给我一只喜鹊
有时递给我一朵湿漉漉的云

月光曲

那个年代的月亮
已成了你依赖的一粒药片

吃了那么多的药
此生的顽疾却无法治愈

你不再踏月光夜行
风中的野马已遁入结局的荒凉

如此荒凉的夜晚
我又能为你做什么

你转头望向山下的灯火
眼里的湖水倾斜

我站在低处,正迎向你
知道你在祭奠一轮天心的明月

我告诉过你吗
在你的家乡我在一朵玉兰里住过

在开着天窗的玉兰里
我等待一场雨的救赎

那间皎洁的小房子
我知道已在风雨中倒塌

只有你会把那破裂的花瓣
重新捧上枝头,我曾在那里住过

树　下

我从地铁口出来
你已绕着一棵银杏树
转了一圈又一圈
那棵银杏一定很快乐
很久没有人围着它这样捉迷藏

你们斜倚在一起的亲密
让我悄然止步
我该如何站在你面前
才能不惊动一棵树对你的期许

带着满身的浓荫
我们来到一张漂泊的小木桌前
粗陶杯盏
收听了黄昏里最慢的忧伤

小广场上三十二只金色的风车
和那棵无言的银杏

还站在老地方
而我们,还是
将这里变成了一片空寂
淡淡的隐痛,在暮色里悄然附体

南　方

我已知道
命运给我们的时光
终其一生
不过一个时辰
对此,我只有认命

你和我的边界
过于漫长
沿途荆棘丛生,电网密布
我惯于缝缝补补
擦拭碗碟的手
不得不连滚带爬
沿着铁轨一路向南

数万只海鸥先我而到
翠湖的上空
呵,会飞的小百合
把空中花园

从这里搬到那里
搬到哪里,哪里的天空就幸福

你认出了
西伯利亚寒流里
最晚抵达,残缺不全的那一只吗
它裹紧丢了一半的性命
混迹人群
不敢向天空要一个飞翔
也不敢向地面
要一个菩萨的低眉

别　后

自从那一片花海,在春天
倾泻了全部的情义

自从那九道瀑布
砌出了世间最柔最刚的墙

我学会了一个自由的姿势
开始追赶一段旋着酒窝,多浪的河流

为何最后,还是被湿淋淋地
拖回哀伤的岸,遣送至风雪的原籍

我恍惚不已,又是为了什么
远方的城在远方含着光,含着云,含着你啊

没有一片叶,也没一朵花
光秃秃的苍茫注释着北地的坚硬

谁家的窗子用一盆茉莉
捧出一个被关起来的小花园

它用豆子那么大的花苞
一路目送我,直到我渐渐
成了窗外背负着悲欢的一颗豆子

浅 秋

我冒充过一只大雁
去了南方
现在我拖坠在茫茫荒野
留下悲伤的行迹

我开始用"空"去爱
无法丈量的时空
爱的刑期
是无期

命运不会将我再度托往云端
运送至河畔的波光里
命运只分配给我五万株
白蜡和海棠的幼苗
让我带领五万个孤儿
寻找扎根之所

推土机进逼在身后
而它根上的土

已哭不出眼泪
每一棵都是懂事的孩子

我依然在爱着
用野茫茫的空在爱着
也爱着这彻底的空
你可知道
爱是会显灵的
逶迤的群山，山间的岚气
如何被重现在我虚弱的目光里

过期的糖

它还摆在小店货架上
糖纸上小牛的图案
和来自小作坊的文字
为我熟知
保质期已过
但味道没有变
我的品尝加深了对它的偏爱

这种偏僻的糖
有偏远年代的好味道
在与时间的对抗中
它的糖心
究竟为了什么
坚持着稳定的特质
让过期的糖
保有不过期的甜蜜与回忆

为了我,再坚持一小段光阴吧
我还会回来找你
当你融化的时候
也将是我融化的时候

赛里木湖

十七年前
你是我见过的,唯一的海
浩渺的深蓝
把天空变成了轻柔的帐幔
科古琴山沉静地睡着了

中年的我
遇见你
为了遇见大西洋的最后一滴眼泪

我不知道
你在暮色里悄悄选中了我
想让我做你浩波里的一尾纯白的鱼

我双腿沉重,已不能合成鱼尾的形状
还有一滴世间的泪
挂在草叶上

关于我的迟迟不归
博尔塔拉的朋友惊骇了半宿
当地的传说,让湖水多了一种无法形容的蓝

我在风中追赶一片湖

为了去见父亲
我走向一朵云
抱紧一棵树
走向戈壁滩上哭干了眼泪的石头

为了去见父亲
我朝湖边走去
傍晚的大地将湖水高高地举起

风走着相反的方向
它不知我的迷失
牢牢地拽住我,并动用了夜晚的黑

渐渐升高的地平线上
湖水带着悲声的呓语在翻滚
这声音加大了它蓝黑色衣衫的招展

那湿漉漉的衣角
给了我带着呼吸的拥抱
冰冷的浪花为我架起了热的冰
那两只已不愿迁徙的白天鹅你可要照顾好

我们之间的微气候

为了不可能的抵达
让我做一盆你窗前小植物吧
远处的春山和天空里的湖
是你喜欢的
也是我喜欢的

如果我能开出柔和的小花
就是对生活的报答
我的表达
只能在语言之外

我用绿色的枝条
繁衍出细密的路径
每一个分岔的路口
都有我专注的寻找

我要把生命的澎湃捂住
让静静地生长

遮蔽自己
悲欢离合的命运

我从不反抗
谁剥夺了我的语言
我一直抵制
作为人的复杂与欲望

卖花少年

暮色里
卖花少年的声音
被花香传递到远处的街角

我贴着花走去
谁买花
卖花少年的轻言细语里
交织着幽然的气息

他声音和缓地
穿过渐渐围拢的夜色
带着缤纷的花朵
在寻人

那弥漫的香
让夜晚变得轻柔
又有点重

我羞于打量身边的花
怕辜负了
它来自初夏的迷人微笑

当我看着窗外

不能出门的日子
我还有一扇窗
天空里层云漫卷
云层里也有一扇歪歪斜斜的小窗子
那里面有我们共同拥有的
一小片蓝

窗外的柳树伸出枝条
跟我握了握
它发光的叶子
被我数了又数
我越数,越数不清
越数不清,就越感到幸福

它总在窗外不停地召唤我
它的柔枝里充盈着静默的歌声
在夏季的微风中
犹如平卧的湖面温柔地起身站立
带着清凉的浪花将我淋湿

嫁　接

我早已和你嫁接到一起
你的伤口上
有我重新开始的萌芽
我把春天过了又过
把洁净的雪盖成暖和的被子

我细小的枝芽
在无限的生长中
充盈着来自你输送的小溪流
我们早已不需要那根捆绑的草绳
时间比什么都结实

今生的重逢
恍若梦中
世上可有这样无尽延长的梦
我与一棵树
共饮着一碗泉水

边疆的白杨

有时,我捧着一只阳雀和五更鹉
朝你微笑
有时把叶子上的光
送给渴望的眼睛

我们用生命嫁接更多的东西
远远的蓝紫色山峦
也属于我们
一个小孩的怀抱
要珍藏在心

一只来借树皮的野兔
在脚面留下温柔的湿痕
也是我们的喜悦
日日都要
送出微小的云
日日都是这样的珍贵

最小的友情

兔子失落的时候
生病的小老头一样卧着

它一直努力融入我的生活
但终究发现自己的不同

当你养了它
它的心就放在了你身上

兔子的茫然很大
不知能为我做点什么
常常用毛茸茸的脸不时回赠我它的温柔

它常常为我提心吊胆
小得连自己都保护不了的兔子
却是我微小的保护神

边疆的白杨

兔子和我私密的爱
如同所有私密的爱
只有我们知道
这样的量子纠缠究竟意味着什么

又一个七夕

天上有鹊桥
人间是没有的
千山秀美
我在沟壑里埋头耕织
万水通达
你在不通航的河对岸

在一秒钟的通信里
我们交换苦涩与欢乐
这个速度
不过让思念更快地咬伤了自己
无数的渴望
迫降在最后一刻
无数的夜晚
我看着撞向灯光的飞蛾

窗外的野葵花
被月亮的银镰刀收割了

边疆的白杨

今年,仅存的一棵
独立在杂草丛中
它茫然地举着明亮的小灯烛
朝朝暮暮
寻找昔日明亮的
缓缓旋转的金色海洋

油菜不停地开花

花还在开
我很吃力
游出这片没有边界的金色波涛

花还在不停地开
我已卷入
一个又一个太阳制造的明亮漩涡

我持续在由此而来的一场高烧中
这一场烧真是太好了
太阳落下,我升起

我与一朵花交换了彼此的颜色
回来后,我爱上了自己的面目全非

老吴的花

老吴在地下室
住了好多年
他用居民淘汰的旧水池
在墙根养了十五盆花
美人蕉、蓼花
还有他擅自命名的小牡丹

那些小植物
是些顽皮的娃娃
它们才不肯住地下室
它们在雨水中洗澡
在微风中做柔软的体操
老吴离开地下室
就被它们团团围住

老吴的家人只有
这一群绿娃娃
美人蕉缺少了阳光

开不出一朵花
可它特喜欢晒
那一身碧绿的衣裳
蓼花,结穗子了
八月的秋风里
它给自己悄悄抹上了胭脂

小地雷花

小地雷花
避开白昼的喧嚣
选择在暮色中
摸着黑
静悄悄地开放

黎明的光
将它的花瓣慢慢合拢
小地雷花
把清凉的露水
收进紫色的小帐篷

孩子喜欢它结出的小地雷
精致的小地雷
从没炸死过一只蜜蜂
深更半夜
地雷花
炸醒过我的睡眠

我与一棵树

当我感到寂寞的时候
会找一棵树
避开行人
静静地站着
我会抱抱它
把脸贴在它身上
然后绕着树一圈一圈地走
留下我在尘土中的涟漪
慢慢地
我还在原地
却感到已走了很远
到了想到的地方
见了想见的人
途中,它给我抓过几朵游荡的云
又放跑了几只麻雀
我在它脚下
一首接一首地轻声唱着
我们在一起
仿佛就没有解决不了的事情